Horst Heine

Gedichte

Band III

Vorwort

Manch verführerischer Blick erübrigt das Fragen;

doch mehr wird Dir nur ein liebes Wort sagen!

Meckelfeld, den 06. Dezember 2011　　　　　　　　　　Horst Heine

Für die Landschaftsaufnahmen

zeichnet

die Familie J. Dietschmann !

Inhalt

Die Rubin – Hochzeit	9
Einzug	10
Elena	11
Mein ganz persönlicher Wunschzettel	12
Wiehnachsgedicht	13
Die Neueröffnung	14
Danke!	15
65	16
Klimawechsel	17
Kälte	18
Die Mütter dieser Welt	19
Tobbesigle	20
Hallo, mein Alter!	21
Bier unser	22
Das Fenster mit Tücken	23
Die Frau im Fernsehen	24
Der Gläubige	25
Die Rente mit Siebenundsechzig?	26
Sonnenblume	27
Ein Gruß von uns	28

Du Rose Du	*29*
Dein Geburtstag!	*30*
Glück	*31*
Der gute Knecht Ruprecht	*32*
Alles nur ein Spiel	*33*
Es weint mein Herz	*34*
Kinder in Deiner Nähe	35
Frühlingsanfang	36
Ostern	37
Zum Muttertag	38
Verständnisvolle Worte	*39*
Nicht nur einen Sommer	40
Zur Geburt	41
Mein Enkelkind	44
Ein echter Lichtblick	45
Eisblume	*46*
Das Häschen in der Grube	*47*
1. Mai	*48*
Eine kleine Anerkennung	49
The Best of Universe	50

Die Einschulung	51
Fußball ist mein Leben!	53
Geständnis eines Führerscheins	54
Dein Glückstag	55
Regen, Regen, Regen	56
Der Angler	57
Der Siebziger	58
Eine zweite Chance in der letzten Hälfte des Lebens	59
Krankenhaus	60
Der Geburtstag, der immer älter wird	61
Huldigung an das Knie	62
Oh Nikolaus, Du lieber Mann!	63
Träumereien zum Fest	64
Hoppel – di – Poppel	68
Hören und sehen	69
Ein weiter Weg	70
Der Fünfzigste	71
Glückwunsch	72
Weihnachten	74
Das letzte Gedicht	75

Alle Rechte liegen beim Autor

Herstellung und Verlag: BoD - Books on Demand, Norderstedt

März 2015

ISBN 978-3-7386-7825-3

Die Rubin - Hochzeit

Bedeutet die Rubin - Hochzeit
auch vierzig Jahre Heirat,
soll sie keine Abnutzung bedeuten,
bei diesen lieben Leuten.

Denn der Rubin ist ein Mineral
und zählt zu einem harten Kristall.
Wird er von klarer Beschaffenheit sein,
gilt er sogar als wertvoller Edelstein.

Wenn er dann im blutvollen Rot schimmert,
verkörpert er nun mal der Liebe feuriges Flimmern.
So sehen wir aber auch diese Beiden
absolut in keiner Weise leiden.

Deshalb seid weiterhin mit voller Hingabe
in der gesundheitlichen Lage,
Eure Sehnsüchte zu verwirklichen
und den inneren Gleichklang zu finden.

Einzug

Hat sie sich selbst betrogen,
als sie hier eingezogen?

    Folgte der Frage schon die Antwort
    an diesem ungewohnten Ort?

        Oder soll sie sich in ihr Schicksal begeben,
        um vielleicht nach höherem zu streben?

            Wird sie sich hier wohl fühlen
            auf den fremden Stühlen?

        Kann sie hier Ruhe finden
        und sich an ihn binden?

    Sie muß es bejahen
    und zu sich sagen:

Ich habe nur gewonnen;
denn ich bin angekommen!

Elena

Allein der Name zergeht bereits auf der Zunge
und belastet nicht einmal die Lunge.
Ist er doch kurz und bündig
und gegenüber der „schönen Helena" nicht sündig.
Scheint er ihr dem Wortlaut fast verwandt,
ist er Jener in jeder Beziehung ein Pendant.
„Unsere" Elena ist nämlich von Geburt ein ruhiger Typ,
obwohl zeitweise nicht gerade stereotyp.
Denn bekommt sie erst einmal ihren Fimmel,
dann „brüllt" sie los wie aus heiterem Himmel.
Nicht zu verstehen, ist sie doch sonst eine süße „Popp"
und dazu noch so unglaublich top.

Ein süßer kleiner Fratz
und nicht nur der Mama ihr ganzer Schatz.
Denn auch Oma und Opa,
der Uropa und die Uroma -
sie Alle wünschen der kleinen Elena
ein weiteres schönes Jahr!

Mein ganz persönlicher Wunschzettel

Lieber guter Weihnachtsmann;
ich denk schon daran;
weil ich es weiß -
dieser Zettel ist ganz heiß!

Ich will wirklich nicht ausverschämt sein;
so wünsche ich mir von den Zeilen auch nur eine allein!
Und ich schwör Dir Stein auf Bein -
ich werde Dir deswegen nicht böse sein!

Danke Dir im voraus schon für Deine Mühen
und laß Dich nicht durch fremde Mächte betrüben!
Ich bleibe auch so, wie ich es immer bin -
stets ein liebes Kind!

Wiehnachsgedicht

Wiehnachsmann, nu kumm mol her!
Kiek mol an dütt Malör!
Sütt hier mit min Mann alleen;
wo sin nur mine Kinner blebn?
Groot sin se worn in all den Johrn
un ick heff nu greune Hoor!

Nu sei mol still un lot di Tiet,
ick heff mol ne Frog an di:
De Kinner wullt all Johr wedder,
dat ick schriev een Wunsch mit miner Fedder!
Is dat so´n goter Drom
oder blos een Tüttelkrom!

Ick kom tu di up den Slitten
un will nix von Bessen un Schübbel wissen!
Aha, nu bist du platt
un din Snut is matt!
Go man wedder durch den Ruß
un verschwind man ut min Hus!

Im Dezember 1997 von Ingrid geschrieben!

Die Neueröffnung

Endlich sind sie wieder da -
der charmante Horst und die liebe Jutta!

Sie sind zu uns zurück gekommen
und sind hiermit herzlich willkommen!

Vier Jahre waren sie nämlich weg;
doch nun sind sie hier zu einem guten Zweck!

Denn für tolle Atmosphäre und seichte Gemütlichkeit
sorgen die Beiden zu jeder Zeit!

Hier könnt Ihr lachen und auch klönen
und dabei so manchen Gag erleben!

Drum schaut doch mal bei netten Menschen vorbei
und seid bei einem fröhlichen Umtrunk dabei!

In Fleestedt im „Hoffi" im Januar 2007

Danke !

Danke !   Ein Wort nur!

                Wirklich nur ein Wort?

Danke !   Auf jeden Fall ein starkes Wort!

                Darin steckt wertvolles Gut!

Danke !   So, wie Du es mir täglich zeigst!

                Durch harte Arbeit und schwere Bürde!

Danke !   Für Deine Liebe und Treue!

                Und so sage ich es heute in Reue:

                Hätte ich Dich in den vergangenen

                vierzig Jahren doch immer auf Händen

                getragen!

Danke !

                Dein „Rubin"

65

Fünfundsechzig Jahre
- oh Gott bewahre -
sie liegen schwer auf dem Rücken
und ich war nicht immer voll Entzücken!

Habe oft genug der Gesundheit wegen
machtlos und brach im Bette gelegen!
Konnte mich manches Mal nicht bücken;
erst recht nicht die Äpfel aus Nachbars Garten pflücken!

Lag es fernerhin an den Finanzen,
die im Trommelwirbel durch mein Konto tanzten!
Dabei haben sie meine Sinne in Feuersbrünste entflammt
und manche Sünde in eine Normalität gerammt!

Doch bin ich nach all den schmerzlichen Gebrechen
und dem reichlich genossenen Zechen,
immer noch der „Alte" geblieben;
trotz der Haue und den Hieben!

Und so verkünde ich an dem heutigen Tage,
mit der Gewißheit und einem stolzen Gehabe:
Ab sofort werde ich diesem meinem Leben
einen ehrenhaften Platz als <u>Rentner</u> nun geben!

Klimawechsel

War man im Herbst auf den kommenden Winter gespannt,
kann man jetzt ohne Übertreibung sagen:
Summa summarum „besuchte" er dieses Land
über mehrere Monate verteilt nur an wenigen Tagen.

Natürlich wissen es plötzlich Alle im Nachhinein,
woran dieses neuerliche Phänomen lag.
War es doch der Klimawechsel mit dem Sonnenschein,
der die Wärme brachte, die ich aber so gerne mag.

Erreicht auch noch der Ausstoß von CO^2
durch mein Auto nicht die geforderte Reinheit,
gedenke ich der vergangenen Raserei
und der damit verbundenen Freiheit.

Ab sofort werde ich wieder mal bestraft,
muß ich hilflos den machthungrigen Politikern zusehen,
wie sie per Gesetz und unbändiger Kraft,
meine finanzielle Belastung mit einem Stempel versehen.

Ist doch gerade der Spritpreis steil angestiegen
und die Mehrwertsteuer stark nach oben gegangen.
Wie soll ich da noch Lust für die Ferne kriegen?
Bewege mich also zu Fuß und denke nicht ans tanken.

Schlage also mehrere Faktoren mit einem Hieb;
fördere dazu meine wiedergewonnene Gesundheit,
die mir doch nun mal so unendlich teuer und lieb
und partizipiere an meiner neurotischen Geldknappheit.

Tue unserer Umwelt einen riesigen Gefallen
und verhelfe der Menschheit zu ihrem Frieden.
Zu meiner Genugtuung sage ich aber zu Allen:
„Zieht mit, damit wir den Klimawechsel besiegen!"

Kälte

Wird man doch im Winter konfrontiert mit der Kälte
und ist umgeben von Eis und Schnee,
so kann ein Jeder damit umgehen
- all das ist noch zu verstehen - !

Die Glätte auf der Fahrbahn,
die Lawine am Berghang
und die Rutschgefahr auf den Gehwegen
- all das ist noch zu verstehen - !

Sogar im Lebensunterhalt die Teuerung,
bedingt durch den Verbrauch der Heizung
und den damit gestiegenen Moneten
- all das ist noch zu verstehen - !

Das Shoppen für die Winterbekleidung
und der Bedarf in der Lebenshaltung
mit seinem alltäglichen Verzehren
- all das ist noch zu verstehen - !

Eine gewisse Bestürzung
und ohne irgend eine Schonung
erfahren die Eltern mit der Zeit,
wenn durch die Gefühllosigkeit
ihrer einst umsorgten Kinder;
gleich einem eisigen Winter,
in ihrer Liebe erstarren
und wie ein Schneemann verharren.
Diese Entfremdung, die auf Empörung stößt
und selbst dem Unbeteiligten die Zunge löst,
profiliert sich aus deren Dummheit
und einer ignoranten Respektlosigkeit.
Dies geschieht immerhin nach einem gemeinsamen langen Leben
- und das wiederum ist nicht zu verstehen - !

Die Mütter dieser Welt

Madre, Mama, Maman, Mami, Mother oder Mutter
und viele andere Sprachen mehr;
sie stehen für das Symbol der Liebe in der Welt
und sind mehr wert als alles schnöde Geld.

Gehen die Kinder auch fremde Wege
aus einem vorgezeichneten Gehege;
selbst dann erscheint ihr Lächeln in milder Güte,
wie der Hauch einer zarten Blüte.

Schwirren ihre Gedanken um uns bei Tag und Nacht
und halten die Augen treu die Wacht;
dann erkaltet nicht ein einziger Blutstropfen,
da ihr Herz pocht mit wildem Klopfen.

Tobbesigle

Es lag zwar wenig Fisch

auf dem gedeckten Tisch.

Und auch der mächtige Regen

brachte uns keinen Segen.

Doch der ruhige Fjord

hielt sein versprochenes Wort.

Lag die Hütte da in schöner Landschaft

machten wir mit ihr die beste Bekanntschaft.

Nun sei bedankt, du Tobbesigle,

wären so gerne noch geblieben.

Ikjefjord, im Mai 2007

Hallo mein Alter!

Mein Freund, sag an,
fühlst Du Dich nun als alter Mann,
nur weil man Dich zum Rentner gemacht,
oder bist Du weiterhin die produktive Macht?

Deine Arbeitspapiere hast Du eingereicht;
dafür haben sie Dir einen Blumenstrauß überreicht.
An der Tür drehtest Du Dich noch einmal herum
und wußtest ganz genau: Meine Zeit ist hier um!

War die Arbeit jedoch von jeher Dein Leben
und hast in ihr immer das Beste gegeben;
ist es nun von Heute auf Morgen so weit -
es beginnt für Dich eine neue Zeit.

Du gelangst in eine Welt,
die Dir sicherlich nicht gefällt.
Kannst ihr bald nicht mehr folgen;
wird auch Dich der Fortschritt überholen.

Ab sofort ist es auch keine Frage,
wenn ich voller Überzeugung sage:
„Du schwirrst nie wieder wie ein Falter
mit diesen 65 Jahren - mein Alter!"

Bier unser

Gesegnet sei der Erfinder,
der dich geschaffen für ein Faß.
Leider bleiben wir arme Sünder
bei dem Preis einer Maß.

Vergib uns deshalb unsere Schulden,
wie wir vergeben den Wirten.
Mögen sie uns doch immer dulden,
beim schrägen Singen und kraftvollen Trinken.

Unser aller Filmriß gedeihe
bei jeder durstigen Geselligkeit.
Nicht nur im Bierzelt oder der Kneipe,
sondern auch in der himmlischen Ewigkeit.

Das Fenster mit Tücken

Sage mir, meine Schöne,
war ich tatsächlich so blöde?
Oder mutig?
Und noch dazu volltrunken lustig.

Einfach durch Dein Fenster zu steigen;
bloß um Dir meine Liebe zu zeigen.
Mit Stacheln an den „Benen";
nur von Deinen „blöden" Kakteen.

Die Frau im Fernseher

Weißt du, wo ich dich gesehen?
Ja genau, im Fernsehen!
Oh, was habe ich dich geliebt,
vergöttert und deinen Körper durchsiebt!

Weißt du eigentlich,
wie wissentlich
es für mich ist,
daß du leider nie mein wirst?

Der Gläubige

„Oh, Du mein Schatz!" So sprach er.
„Ja?" So fragte sie ihn später.
„Ich liebe Dich!"
„Ganz allein nur mich?"

„Auf immer und ewig!"
„Du Dummer Du; bleibe selig
in Deinem Glauben,
denn nur ganz weit oben hängen die rechten Trauben!"

Die Rente mit Siebenundsechzig?

Die Mitarbeiterin einer großen Warenhauskette
wird in diesem Jahr fünfundsechzig.
Sie hängt an ihrem Job wie eine Klette
und möchte deshalb arbeiten bis Siebenundsechzig.

Doch da sagt die Geschäftsleitung:
„Gute Frau, es geht dieses leider nicht!
Wir haben für Sie gar keine Verwendung
und so werden Sie bei uns auch nicht weiter beschäftigt!"

Nun fragt sie mich zu Recht;
ihren verdutzten Mann:
„Ich war doch ewig deren Knecht,
denken die, daß ich das nicht mehr kann?"

Jeder Abgeordnete später,
der dieses Gesetz eingefädelt im feinsten Anzug,
wird immer vor dem Volk zum stotternden Erklärer;
durch seinen „Lug und Trug"!

Sonnenblume

Gülden leuchtest du im Sonnenschein
und bist nicht einmal klein.
Strahlst heller als Mond und Sterne
und weist mir so den Weg in die Ferne.

Nun muß ich dich abermals fragen:
„Du wirst ja nur von einem grazilen Stiel getragen!
Wie hält jener dich nur aufrecht,
trägt er deine schwere Krone nicht mal schlecht!"

Sehe ich dich vom Straßenrand dort hinten stehen,
soll ich vorn am Felde etwas Geld hinterlegen.
Um dich zu pflücken und deine Schönheit rauben?
Das wiederum wird wohl keiner von mir glauben!

Ein Gruß von uns

Hoffentlich stören wir nicht!
Es ist schließlich Dein Geburtstag
und bestimmt nicht der Letzte!
So grüßen wir Dich
an diesem herrlichen Tag
und wünschen Dir das Allerbeste!

Soll er doch ein Schöner sein;
mit friedlichen Gedanken
und frommem Segen!
Drum treten wir in den Wirtsraum ein,
setzen uns zu den Bekannten
und erleben ein fröhliches Wiedersehen!

Am klobigen Tisch
werden wir uns vergnügen;
und essen bei Wein und Bier,
das saftige Steak und den filetierten Fisch!
Dabei wird uns Dein Lächeln genügen
und die Anwesenheit von Dir!

Glaube mir,
dieses Beisammensein
geht einher in Freude mit uns Allen!
Zufrieden sind wir,
denn auch Groß und Klein
erkennen Dein Wohlgefallen!

Du Rose Du

Ich betrachte Dich!

Ach, wie lieblich

und ohne Arglist

Du doch bist!

Möchte nun wissen:

Darf ich Dich küssen?

Du mußt verneinen?

Ich beginne zu weinen!

Werde Dich nicht nur betören,

sondern treu allein Dir gehören!

Du schöne Blume!

Nur Dir zum Ruhme

werde ich um unsere Liebe

und nicht wegen der Triebe,

kämpfen mit Donnerhall!

Selbst bis zum Fall!

Drum bewahre dieses Gelöbnis

in Seligkeit als unser Geheimnis!

Dein Geburtstag!

Ein Geburtstag ist ein wichtiger Tag.

Er beginnt nun mal mit dem ersten Schritt in das Leben.

Und dieses wiederum ist gespickt mit Emotionen, Liebe und dem Abenteuer im Alltag.

So ist ein Geburtstag nicht nur die Summe aller Kämpfe, sondern wichtig für eine Erneuerung.

Man sollte ihn deshalb in Freuden begehen und der Mühsal entgegentreten.

Deswegen sind wir auch heute hier – ganz einfach – um Dir bei dem schweren Einstieg in Dein neues Lebensjahr behilflich zu sein!

Herzlichen Glückwunsch!

Glück

Glück bedeutet:

Zeit haben zu jeder Zeit -

tun und lassen was man will -

ganz einfach über den „Dingen" zu stehen -

Harmonie verbreiten und sich wohl fühlen -

bei Wind und Wetter der Natur trotzen -

lächelnd jeden Eklat bewältigen -

ein prall gefülltes Portemonnaie sein Eigen nennen -

mit einem gesunden Geist sich beherrschen -

über eine wohlproportionierte Muskulatur verfügen zu können -

sich an einer dampfenden Grützwurst zu ergötzen -

ein Carport gut „bestallt" vor der Tür zu wissen

und einen lieben Partner fürs Leben gefunden zu haben!

Also? Richtig – weiterhin viel Glück!

⏳ ⏳ ⏳

Der gute Knecht Ruprecht

Er ist ein Jemand,
der Allen ist bekannt;
ob sie groß
oder noch auf Mutters Schoß.

Sind sie arm
und voller Gram,
oder kommen sie aus reichem Haus;
gesättigt vom üppigen Schmaus.

Gibt es sie als Faule bei der Arbeit,
ohne Power und zu nichts bereit,
oder Jenen, die stets strebsam
und dazu ewig wachsam.

Keiner Diskussion bleibt er fern,
trotzdem hat man ihn überall gern.
Der die Menschen nie vor dem Kopfe stieß
und seit Alters her nur der gute alte Knecht Ruprecht hieß.

Alles nur ein Spiel

Wochenlang hast Du mich belogen;
mit meinem Herzen gespielt
und mich nur betrogen!

Die Wahrheit hast Du mir nie gesagt!
Dabei habe ich Dich oft darum gebeten
und Dich danach gefragt!

Es schien mir alles nur ein Spiel,
doch ich habe es nicht erreicht;
das von mir erhoffte Ziel!

Es war wie ein schlechter Traum;
ich habe Dich verloren!
Mein Herz wurde kalt und wäre beinah erfroren!

Nach der Frage „Warum?" bekam ich keine Antwort von Dir!
Es war nicht fair,
denn damals liebte ich Dich doch so sehr!

Nun willst Du mich zurück;
doch höre gut zu,
ich fand woanders mein Glück!

Vergiß nicht, zu einem Spiel gehören immer zwei!
Du wirst Dich vielleicht wundern,
aber ich bin nicht mehr dabei!

Oktober 2002   Geschrieben von Sandra Dietschmann

Es weint mein Herz

Freund, sag an, Du gehst fort?
Warum um Himmels Willen?
Glaubst, daß Glück findest Du dort
und kannst Deinen Hunger stillen?

Natürlich wünsche ich es Dir von ganzem Herzen;
das immerwährende gute Gelingen!
Auf dem Weg dahin sollen leuchten tausend Kerzen
und Dir ewig Freude bringen!

Auch wenn Du in der Ferne wirst weilen
und kannst Deiner Schaffenskraft freien Lauf lassen,
sollst Du stets geistig das Limit streifen,
damit die Anderen gegen Dich verblassen!

Fassungslos bleibe ich zurück;
mit ungläubigem Zaudern!
Baue mir in Gedanken eine neue Brück´,
um nicht noch zu erschauern!

Darf nämlich meine Seele nicht danach fragen
und nicht erhören ihren Klang im Terz;
kann sie mir doch nie die Antwort sagen -
denn für immer weint mein Herz!

Kinder in Deiner Nähe

Siehst Du das Kind dort?
Wie klein es noch ist!
Doch es wird wachsen!
Weinend lernt es laufen
und mit dem Spiel das Lachen;
bevor es zu denken beginnt!
Bald überlegt es jeden Schritt
und schafft somit kleine Wunder
aus seiner traumhaften Kinderwelt;
spätestens jetzt erkennst Du seine Größe.
Ist es dem schützenden Nest entfleucht,
welches Geborgenheit ihm gab,
wird es ferne Länder sehen wollen
und die fremden Menschen darin;
bevor es Einer unter seinesgleichen wird.

Doch dreh´ Dich ganz einfach nur um
und schau in Deiner nahen Umgebung,
wie aus dem Gewächs von wenigen Jahren
ein liebes Geschöpf entstanden ist,
das allein nur mit seinem Dasein
Dir täglich Freude bereitet!

Frühlingsanfang

Huch, hat mich doch eine Husche voll erwischt
und schlug den Regen mir ins Gesicht.
Unters Dach wollt ich noch geschwind;
aber Schutz gibt's wohl nur im Keller bei diesem Wind.

Furchtbar dieses Wetter.
Da ist es doch besser
man bleibt im Haus
und geht nicht noch 'raus.

Stehe ich nun hier mit nassen Füßen;
verbeult und geduckt als würde ich büßen
und rinnt mir das Wasser in den Kragen,
so kann ich nur noch eines sagen:

Dieses ist kein windiger Scherz vom April,
weil er uns immer ärgern will.
Das sind auch keine Herbststürme,
noch vereiste winterliche Schneetürme.

Schieben wir diese Extreme doch in aller Ruhe
dem Klima in die Schuhe.
So haben wir durch diese Verschiebung
vor unserem Gewissen auch gleich die Genugtuung.

Schau ich hier drinnen auf den Kalender,
dann zweifle ich immer mehr.
Es ist nämlich mit dem Außen kein Einklang
- ist doch heute der Frühlingsanfang - .

Ostern

Oh ja, was habe ich mich auf dich gefreut.
Doch wie habe ich es nach diesem Fest bereut.

Im Wissen, dich in einem frühlingshaften Kleid zu sehen,
mußte ich leider Kälte und Schnee erleben.

Glaubte tatsächlich, dich mit „Ihm" in einem Atemzug zu nennen,
doch es zog mich ganz allein zum Fernseher hin und mußte erkennen:

Ein Action – Film bringt mir viel mehr als der Paradiesgarten
und leuchtende Kinderaugen würden beim Eiersuchen auf mich warten.

Eine Überraschung vom Osterhasen wollt ich im grünen Grase finden,
wobei meine Zufriedenheit mir wie ins Gesicht geschnitten schien.

Die cremigen Ostereier vernaschte ich wie von Sinnen
und später fragte ich den Spiegel: Ob ich wohl dicker geworden bin?

Was also brachte mir dieses Fest im Guten?
Gewiß, meine Gedanken mögen sich sputen.

Bin ich doch nicht umsonst in diese Welt geboren,
denn ich habe meinen Glauben nicht verloren.

Und predigen nicht alle Menschen ewigen Frieden -
die Friedfertigen werden eines Tages mit ihren guten Taten siegen.

Zum Muttertag

Vieles ist gesagt
über den Muttertag.
Mit Gedenken hat man ihn belegt
und Sprüchen, die nie etwas haben bewegt.
Doch geschehen ist bis jetzt nichts;
selbst in meinen Augen ein helles Licht.

Denn habe ich ihre Gedanken gelesen,
als ich bei ihr gewesen?
Konnte ich wissen,
wie oft sie weinte in ihr Kissen?
Oder hatte ich sie jemals gefragt:
„Wie war denn nun Dein Tag?"

„Mein Junge, ich wollt Dich mal was fragen!"
„Können wir das nicht vertagen?"
„Kurz nur, denn Du hast sicher keine Zeit!"
„Richtig, doch bin ich immer für Dich bereit!"
„Nimmst Du Dir die Suppe mit?"
„Ooch Ma, daß war doch nicht nötig!"

„Nur eines noch; gib auf Dich acht,
daß Du mir keinen Kummer machst!
Denk daran, was Vater Dir einst riet:
Das Leben ist nicht nur Schiet!
Der Fluß allein mit seiner Brücke
gereicht Dir nie zu Deinem Glücke!"

Stehe ich nun dumm da und überlege,
war ich wirklich mental so träge?
Nicht die Liebe einer Mutter zu sehen
und ihre Fürsorge verstehen?
Bin ich doch ihr einzig Kind;
also ändere ich mein Gemüt zu ihr geschwind!

Verständnisvolle Worte

Er kam von weit her,
friedvoll und gedanklich reicher;
aus Kasachstan,
vor etlichen Jahren.

Als er beladen
mit Tausenden von Fragen,
den Boden seiner Ur - Heimat betrat
und mir seinen Namen "Eduard" sagt.

Der Rest seiner Zigarette zerbröselte
und es klang wie eine Schelte:
„Ich bin deutsch aus altem Schwabenland
und bin froh, daß ich meine Heimat wieder fand!"

„Du sollst willkommen sein für immer!"
„Hoffentlich wird's mir nicht schlimmer!"
„Was betrübt Dich?"
„Mein Herz, es kämpft gegen mich!"

„Du bist nun so weit hergekommen;
Wüsten durchstreift und Berge erklommen!
Nun sei bereit zum letzten Kampf,
bleibe locker und nicht verkrampft!"

„Mein Freund, ich danke Dir!
Doch glaube mir:
Der Tod gehört zum Leben,
auch wenn wir nie danach streben!"

Und Eduard, der Weise,
ging alsbald auf eine lange Reise.
Fernab von jeglicher Einsamkeit
- zur ewigen Glückseligkeit - !

Nicht nur einen Sommer

Traf dich mein Blick,
war mir bewußt:
Du fehltest mir zu meinem Glück!

Lang war dann der Weg,
den wir gegangen
und nur zu dem einen Zweck:
Der süßen Worte lauschen aus Deinem Mund
und die unbändige Sehnsucht erwecken zu dir.
Stets war es mein Sinnen von Stund´ zu Stund´!

Werde dich nie vergessen;
denn nicht nur diesen Sommer
bleibe ich von dir besessen!

Zur Geburt

Wir haben E S gesehen,

dies lütte Etwas!

Nun warten wir auf <u>das</u> Geschehen

und dem ersten Geburtstag!

All das Wasser ergießt sich .....

Mein Enkelkind

Ich hab's ersehnt
und konnte es schließlich sehn;
ein schmaler Schlauch
in der Mutter Bauch.

Ein niedlich Ding
warst Du holdes Kind.
Hast ein wenig geschmunzelt
und die Stirn dazu gerunzelt.

Den Blick zu mir
vergesse ich nie von Dir.
Wolltest Du mich etwas fragen
oder waren es bittere Klagen?

Doch wie's mir schien;
hat Dein Auge mich angeschrien:
Hilf mir in meiner Not,
sonst bin ich bald tot!

Nun ist es so geschehen;
vergebens mußte es flehen.
Helfen konnte ich nicht;
mein Können war erlischt.

Du Mächtiger dieser Erden;
mußtest Du nehmen,
vom jungen Leben
- Ihr ungeborenes Wesen - ?

Ein echter Lichtblick

Selbst im wüsten Gerümpel

setzt Du Deinen Stempel

für große Reinlichkeit;

doch gedenke auch der Heiterkeit!

Denn ein fröhlicher Blick im Überschwang,

der vorgetragen im farbenfrohen Gewand,

bringt auch Dir in aller Kürze

des Lebens liebste Würze!

Eisblume

Eine Blume möchte ich Ihr schenken
und innigst daran glauben:
Jetzt wird Sie an mich nur denken;
in ewiger Liebe und Gottvertrauen!

Stelle es mir dabei so bildlich vor,
wenn diese liegt in Ihrer zarten Hand:
Grazil schwenkt sie die zum Azur empor
und verkündet es dem ganzen Land!

Erwärmt durch Ihre heiße Glut
und dem strahlenden Licht der Sonne,
schmilzt sie davon wie eine Flut;
in froher Erwartung und sinnlicher Wonne!

Doch die Blume, die umhüllt von Ihrer Liebe,
deren ich allein nur weiß,
wurde geformt aus immerwährendem Triebe;
und ist leider nur aus glitzerndem Eis!

Das Häschen in der Grube

Hoppel – di – Poppel in der Grube saß
und eine rote Mohrrübe fraß.
In Deckung mußte er bleiben,
sonst würden ihn die Menschen vertreiben.

Hätten sie ihn nämlich gesehen;
nach seinem Leben würden sie streben.
Mit Treibern und Hunden hetzen;
natürlich stets darauf bedacht nach den Gesetzen.

Mit Hurra und dem Klang von Glocken
versuchten sie ihn aus der Deckung zu locken.
Schließlich hatte er sie ja verdrossen
und deshalb wurde auf ihn geschossen.

Sie konnten nun mal nicht anders denken,
also mußten sie ihn eben zur Räson lenken.
Bis ans Äußerste wollten sie gehen
und ihm die Freiheit oder sogar das Leben nehmen.

Unser kleiner Hase aber, gewitzt und helle,
verschwand bald darauf von dieser Stelle.
In die weiche Erde schaufelte er nämlich ganz geschwind,
ein Heim für sich als Zuflucht mit Labyrinth.

Weg war er zwar; doch selbst stark benommen,
war er schließlich als Frühlingsbote zu uns gekommen.
Möge er sich noch viele Jahre über eine Rübe hermachen
und dabei herzhaft über diese Menschheit lachen.

1. Mai

Aus dem Fenster schweift mein Blick.
Einen schönen Tag werde ich wohl erleben.
Ergänzt wird dieses friedliche Bild,
durch die junge Frau und ihrem Streben.

In die Höhe wirft sie den Tennisball
und will ihn alsbald fangen.
Doch weit weg ist dessen Fall,
so kann er nicht in ihre Hände gelangen.

Lustig aber wippt der Pferdeschwanz.
Der schwarze Rock und die weiße Bluse blinken
im strahlenden Glanz,
bevor sie um die Ecke verschwinden.

‚Ach Mädel, Du warst so lieblich anzusehen!'
Leider verhallen ihre Schritte
und wehmütig erkenne ich mein Sehnen:
‚Es darf kein Traum gewesen sein, bitte.'

Mich befällt ein unsagbares Verlangen.
So zieht es mich hinaus ganz aufgeregt;
möchte sie doch herzlich umfangen,
denn ich habe so etwas ja noch nie erlebt.

„Darf ich an Deinem Spiel teilhaben?"
Ein scheuer Augenaufschlag trifft mich schon
und ich denk bei meinem Anfragen:
‚Du läufst mir niemals mehr davon.'

So kam es auch seit jenem 1. Mai;
ein Paar wurden wir Zwei.
Ja, es ist wirklich wahr -
und das immerhin vierundvierzig Jahr`!

Eine kleine Anerkennung

Für Speis und Trank
sag ich Dir meinen Dank!
Du weißt ja, wie ich das mag
- auch an Deinem Muttertag - !

Also verwerfe ich einen alten Zopf
und pack in diesen Kartoffeltopf,
statt Blumen ein bißchen Geld
- wie's auch Dir heut sicherlich gefällt - !

Wünsche Dir ein schönes Erlebnis
und dazu die Erkenntnis,
nicht nur heute wichtig zu sein
- denn Du warst stets ein liebes Mütterlein - !

The Best of Universe

Es gibt Mütter, die hübsch sind ... ,
es gibt Mütter, die klug sind ... ,
es gibt Mütter, die kochen können ... ,
es gibt Mütter, die sexy sind ... ,
es gibt Mütter, die sportlich sind ... ,
es gibt Mütter, die den Haushalt im Griff haben ... ,
es gibt Mütter, die sich um die Familie sorgen ... ,
es gibt Mütter, die komplett sind, so wie Du ... !

Denn Du Mama, Du hast von jedem etwas und bist die beste Mama!

Wir gratulieren Dir zu Deinem Geburtstag
und wünschen Dir viel Gesundheit,
Geld, Sonne, einen schönen Tag
und alles Liebe und Gute von ganzem Herzen!

Die Kinder

Die Einschulung

Freu Dich auf diesen Tag
und sei bloß nicht verzagt!

Mögen es schöne Stunden werden
und Dein Lachen nicht sterben!

Sind auch in der Tüte herrliche Sachen,
sollen sie Dir nicht nur heute Freude machen!

Denn Dein ganzes Leben
sollst Du als ein Großer danach streben!

Doch um das zu werden,
mußt Du ab jetzt in der Schule fleißig lernen!

Also Kind, lerne gut und hau rein,
dann bleibst Du auch nie klein!

Fußball ist mein Leben!

Ja Freunde, die Ihr mich kennt
und meinen Namen im Guten nennt!

Ihr versteht mich,
wenn ich inniglich
nur daran denke,
wie der Ball stets mich lenkte!

Und das immerhin schon seit
einer geraumen Ewigkeit!
Gott bewahre,
es sind bereits 32 Jahre!

Herrliche,
phantastische,
spannungsgeladene,
bewegende,
schöne Erlebnisse
und zukunftsweisende Erkenntnisse!

So wird denn mein Leben
auch weiterhin den Fußball bewegen!

„Buttcher", „Jason", „Pele", Frank

Geständnis eines Führerscheins

Ich habe ja schon allerhand gehört,
wie einige Typen mit uns umgehen!
Solche, die als Raser tituliert werden
oder im Rausch alles auf eine Karte setzen!
Dann gibt's Leute, die uns nicht lieb haben,
da wir von der Polizei eingezogen wurden!

Doch ich habe einen Partner gefunden,
dem würde ich mich immer wieder anvertrauen!
Dieser fährt schön langsam um die Kurve,
immer rechts gesittet auf der Autobahn,
hält auch bei einer roten Ampel an
und ist freundlich zu allen Verkehrsteilnehmern!

Da fällt mir gerade eine Geschichte ein,
die ich mit ihm erlebt habe!
Geordnet liege ich im Handschuhfach;
natürlich stört uns kein Radio;
als plötzlich diese unheimlich Stille
mit einem „was für eine Figur" unterbrochen wird!

Garantiert war's wieder mal eine kesse „Biene",
denn da schwächeln absolut seine Triebe!
Doch keine Bange habe ich,
denn er braucht mich!
Wir Beide sind eben untrennbar,
denn ich hafte an ihm bereits seit 21 Jahr!

08.08.1988 – 08.08.2009   Der „Lappen"

Dein Glückstag

Dein Glückstag soll es sein
und jauchzen wird Deine Seele!
Dazu ein Schluck vom besten Wein
und forschen Schrittes bist Du auf richtigem Wege!

Alles Schöne für Dich
und immer frohen Mutes!
Dann bringt der Triumph an sich,
Dir stets nur Gutes!

Der Himmel soll in Farben schwelgen
und Licht ins neue Leben Dir bringen!
Er wird die Schatten dann verdrängen
und Dir von unendlicher Liebe singen!

Regen, Regen, Regen

Ist diese Flüssigkeit
auch wichtig für die Menschheit;
muß ich gestehen,
daß ich nicht danach strebe,
ihn zu genießen
oder damit Blumen begießen!

Sagt mir das Letztere schon nicht zu;
regelt dies doch zur Genüge die Natur,
war ich natürlich
sehr unglücklich,
als in meinem Urlaub nur Regen
vom Himmel kam als höchsten Segen!

Hatte ich Stavang in Norwegen dafür erkoren,
fühlte ich mich in dieser Nässe einfach verloren!
Wenige Stunden nämlich nur klärte es auf
und ich sah so kaum der Sonne Lauf!
Trüb blickten selbst die Augen
hinaus in neblig verhangene Auen!

War ich im Zeug dem Altweibersommer firm;
ohne Gummistiefel und Regenschirm,
prasselte es unaufhörlich tropf, tropf, tropf,
auf meinen unbedeckten Kopf!
Erhoffen kann ich nichts in diesen Herbsttagen
- also bleiben mir auch <u>hier</u> weiterhin nur Klagen - !

Der Angler

In einem Boot ein Fischer saß
und um ihn herum der wogende Fjord!
Sein kühles Herz war's,
daß seine Angel blieb am gleichen Ort!

Während er so sitzt und lauscht,
zieht er eine silbrige Makrele empor!
Sie kommt mit „Schmackes" angerauscht;
doch kompromißlos spult er sie hervor!

Angler, wir wünschen Dir noch viel Fisch
und mögen Jahre darüber vergehen!
Allesamt soll er beim Filetieren
nie Deinem Fang widerstehen!

Der Siebziger

Siebzig Jahre durftest Du Geburtstag feiern
und die wurden nicht unterstützt von Violine und Leiern!
Doch immer konntest Du diesem Leben
Deinen eigenen Stempel auferlegen!

Warst von jeher die Fachkraft,
die immer Großes und Neues schafft!
Und die sich nie auf Lorbeeren sonnte,
da man stets bei Dir nachfragen konnte!

Deine Ruhe und Deine Besinnlichkeit,
der Witz und die Fröhlichkeit,
vermögen Dich, Menschen zu leiten!
So sollst Du uns noch lange erhalten bleiben!

Eine zweite Chance in der letzten Hälfte des Lebens

Heute finden wir uns bei ihm ein,
um an seinem Geburtstag dabei zu sein.
Mit Geschenken und Ratschlägen wollen wir teilnehmen
und dazu fröhlich einen Schoppen voll Wein heben.

Natürlich wollen wir auch deswegen zu ihm gehen,
um ihn in seinem neuen Abschnitt zu sehen.
Denn nach den „jugendlichen" Jahren,
wird er ab nun das wirkliche Leben erfahren.

Sprach er doch die Freunde schon mit „Alter" an,
kommt er jetzt auch an dieses Wort heran.
Ja, ja, mein Lieber, die gute alte Zeit
erlebt man dann in diesem Moment sehr weit.

Nein, wir haben auch nichts dagegen,
wenn er weiter an unseren Nerven wird sägen.
Doch von jeher pflegte er die Freundschaft;
trotz dieser persönlichen Eigenschaft.

      Ihm selbst rufe ich jedoch zu:
      „Junge, komm doch mal zur Ruh!
      Verharre doch mal für einen Augenblick
      und schau ganz tief in Dich zurück!
      Denn glaube mir,
      und ich gönne es Dir;
      des schönen Lebens zweite Hälfte
      erlebst Du nämlich in Bälde!
      Solltest mal darüber nachdenken,
      wie Du den Alltag könntest lenken!
      Nicht immer zeigte das Vergangene gute Zeiten;
      in dem Buch Deiner vierzig Lebensseiten!
      Schau nur noch nach vorn
      und such Dir das Ziel durch Kimme und Korn!
      Freue Dich und denk wie ein Optimist;
      bleibe also der liebe Kerl, der Du nun mal bist!"

                            Dein Daddy

Krankenhaus

Nicht nur eine Institution;
mehr noch ein Auffangbecken
für seelenverwandte Individuen.

Meist sind es natürlich die Kranken,
die zum pflegen und heilen
in diesem Hause verweilen.

Doch treffen tun sich Alle,
ob Junge oder Alte,
ob Arme, ob Reiche.

Natürlich sind auch Gesunde da.
Jene, die deswegen bleiben,
um für ihren Lebensunterhalt zu arbeiten.

Die den Hilflosen den Aufenthalt erleichtern,
unter die Arme greifen
oder bis zum Tode sie begleiten.

Sie Alle sind eingebunden
in Raum und Zeit
und in der Bewältigung einer ewigen Arbeit.

Trotzdem kannst Du hier die Ruhe finden,
die Dich draußen hat verlassen,
und Dich getrost verwöhnen lassen.

Bist Du trotzdem ein wenig nachdenklicher,
so wirst Du feststellen;
dieser Ort ist kein „Angstmacher".

Denn auch morgen erhältst Du die Hilfe,
die man wünscht für Dich
-- erst recht auf dem Op – Tisch -- .

Der Geburtstag, der immer älter wird

O Shit,
wer kommt da noch mit?
Muß ich wieder daran denken,
wie ich das Altern kann lenken?

Bin allerdings nicht allein,
der über vergangene Zeiten weint!
Und das beruhigt mich,
wenngleich auch etwas betrüblich!

Doch wer da grollt
und dem Kalender Tribut zollt,
dem rufe ich zu: Mach mit
beim Leben und sag nicht: *O, SHIT!*

Herzlichen Glückwunsch !!!

Huldigung an das Knie

In der Natur ist ein Bein
selten allein.
Dazu wird es unterstützt
vom Knie als <u>das</u> Gerüst.

Ist es doch ein Jedem bekannt,
daß wir für einen ordentlichen Stand,
Harmonie benötigen zwischen Wade
und Oberschenkel als eine Gerade.

Dafür liegt es nun mal in der Mitte;
geschützt durch die Patella gegen Tritte,
und in Form gehalten von Sehnen
und Muskeln gegen das Überdrehen.

So profitieren wir mit diesem Knie davon,
daß wir es mit seiner Funktion
sehr weit bringen;
nicht nur im Lauf und beim Springen.

Schließlich hat seine Beweglichkeit
einen großen Sieg für die Menschheit
gegenüber den Affen erworben,
und wir uns über sie dadurch erhoben.

Besonders sollten wir es jedoch lieben,
wenn wir es lädieren.
Denn welch ein fürchterlicher Graus,
müssen wir damit zur Op ins Krankenhaus.

Oh Nikolaus, Du lieber Mann!

Schau doch erst einmal auf ihr Geschenk,
welches ich in Deinem Namen hab gepackt so ungelenk!
Oh Nikolaus, Du lieber Mann,
doch leider ich's nicht besser kann!

Könnte mir aber denken,
es trotzdem heute an Deinem Tag ihr zu schenken!
Möchte dieses ohne Tücke und List,
damit sie auf jeden Fall glücklich und zufrieden ist!

Sie wird bestimmt meine Wonne spüren,
beim Öffnen und Prüfen!
Denn während des Packens war ich ganz nahe,
mit ihr und meiner milden Gabe!

Freut sie sich wie eine kleine Maus,
Du lieber Nikolaus;
dann bedenk´,
auch ich dank Dir für ihr Geschenk!

Träumereien zum Fest

In einer Jahreszeit,
die bekannt ist als Weihnachtszeit;
träume ich nicht gerne
von der sonnigen Ferne!

Blicke lieber zu den dicken Flocken,
welche aus himmelhohen Wolken,
in wollenen Ballen
auf die Erde fallen!

Sie verwandeln dann mit sanfter Kraft
die Welt in eine schneeweiße Landschaft!
Wenn sie sich so dicht aneinander schmiegen,
dann sieht es aus, als würden sie sich lieben!

Ich erlebe einen dicken Schneemann,
wie der dem Weihnachtsmann,
die dünne Rute als Zweig
und eine rote Rübe, als Nase zeigt!

Mein Schlitten vom Hügel rast
und der Wind in meine Haare faßt!
Jage ich dann zwischen die aufgeschreckten Leute,
denken sie garantiert an eine wild gewordene Meute!

Freue mich wirklich zu Recht
auf den Knecht Ruprecht;
welcher mir ganz bestimmt,
wie jedes Jahr gut gesinnt!

War doch stets artig
und bin immer noch ganz züchtig!
Werde es auch in Zukunft bleiben
und absolut nichts übertreiben!

Ach, wäre es doch kein Traum,
dann fühlte ich mich nicht wie Schaum!
Könnte Späße weiterhin machen
und herzhaft darüber lachen!

Deswegen bringe mir mit Deinem Wagen,
viele schöne Dinge und bunte Gaben!
Kann ruhig mehr sein als zu wenig;
bin ich doch der Menge nicht all zu abwegig!

Freuen soll sich die Menschheit
über Frieden und Freiheit!
Keine Auseinandersetzung, noch Kriege;
nur noch Lust auf Leben und Liebe!

Schaue ich in leuchtende Kinderaugen,
bestärken diese mich in meinem Glauben!
Nicht nur jetzt ist der Mensch gut und rein,
sondern möge er es auch in Zukunft sein!

Steht der geschmückte Weihnachtsbaum
vor mir im warmen Raum,
dann erkenne ich ehrfürchtig,
wie halbwüchsig ich bin und armselig!

Diejenigen möchte ich grüßen,
die mir meine materiellen Wünsche versüßen!
Danken möchte ich aber erst recht denen,
die so intensiv an meinem Leben teilnehmen!

Werde auch ewig dafür dankbar sein,
als man pflegte mein lädiertes Bein
und mich versorgte im großen Schmerz -
beim Infarkt im Herz!

Vor lauter Freude sind wir hoch gesprungen,
als die Geburt von Pascal war gelungen!
Hat dieser kleine Wurm
uns doch erobert im grenzenlosen Sturm!

Vorwärts widme ich nun meinen Blick
und schaue nicht einen Deut zurück!
Bin doch mittendrin im unsagbaren Glück
und hemmungslos dem Irdischen entrückt!

Hinweisen möchte ich bei der frohen Andacht
noch auf die gesegnete Weihnacht!
Und mahnend möchte ich <u>allen</u> Menschenkindern sagen:
„Erlebt dieses Fest in friedvollen Tagen!"

Hoppel – di – Poppel

Überall ist er bekannt
in der weiten Welt.
Und wird sein Name mal genannt,
feiern wir ihn als kleinen Held.

Er kommt aus der Familie Hase
und ist schnelläufig und trickreich.
Wir mögen seine stumpfe Nase;
ist sie doch so sanft und weich.

Saust jemand dort hinten mit schnellen Sporen
über die stoppelige Koppel
und sieht man nur noch die abstehenden Ohren;
dann wissen wir es ganz genau -- das ist Hoppel - di - Poppel.

Hören und sehen

Ab heute denk nicht an das alte Gerät zurück,
sonst ist getrübt Dein Glück!
Erlebe ab sofort durch dieses neue Stück,
das bunte Leben auf einen Blick!

Endlich erkennst Du den Fußball in voller Größe
und ganz klar seine runde Blöße!
Siehst nun im Krimi die hinterhältigen Stöße
und schaust im Angesicht das ewig Böse!

Im Film hörst Du jetzt den Ton in seiner Vielfalt;
ob gemurmelt wird oder ob es knallt!
Und so wünsche ich Dir alsbald:
„Viel Spaß mit dem Fernseher und werdet Beide uralt!"

Ein weiter Weg

Mein Freund, der Du vor neunundsechzig Jahren bist geboren;
Dich habe ich am 18. Tag im August 2011 verloren!
Zu schnell und so unglaublich kompakt;
warf mich doch die Kunde völlig aus dem Takt!

Ich gedenke unserer gemeinsamen Zeit,
die prall gefüllt war mit Fröhlichkeit
und dem Suchen und Streben,
nach einem besseren Leben!

Zusammen sind wir achtundvierzig Jahre gegangen;
in voller Eintracht und stets ohne Bangen!
Waren sie stürmisch oder sogar chaotisch;
nie wurdest Du zum Wüterich!

Deine Seele lag mit Dir im tiefsten Frieden
und so sah ich Dich immer ausgeglichen!
Ein lieber Mensch verließ mich nun;
dabei wollten wir noch so viel zusammen tun!

Eines Tages folge ich Dir nach und würde mich freuen,
Dich auf der anderen Seite zu treffen und nichts bereuen!
Ich komme dann zu Dir über den letzten Steg
und gemeinsam vollenden wir unseren weiten Weg!

It's now or never!

Dein Freund

Der Fünfzigste

So hat sich nun zum fünfzigsten Male
bei Dir das Jahr erneuert in Deinem Jammertale!
Seit Du erschienst in Deiner Herrlichkeit
ist viel passiert von damals bis zur heutigen Zeit!

Darunter vieles, was Du nicht gerne erlebtest;
wo Blitze krachten und Du davor erbebtest!
Und verletzten Dich die großen Streiche
- Du bliebst immer der Gleiche - !

Etliche Denker starben früh, erst recht die Größten;
also müssen wir auch Dich auf später vertrösten!
So sei nämlich erwähnt zu Deinen Ehren
- Deinem smarten Wesen kann man nichts verwehren - !

Der herzliche Glückwunsch sei Dir gewährt
und zu Deinem Wohle auch noch vermehrt:
Für Heute und bis in die Zukunft hin
geben Deine Gedanken ihnen einen weisen Sinn!

Glückwunsch

Fünfzig Jahr bist Du nun auf dieser Welt
und wir wünschen Dir weiterhin Glück und viel Geld!

Doch im Alter stellt sich so manches ein;
man nennt es auch das Zipperlein!

Dafür haben wir uns was ausgedacht
und es Dir heute mitgebracht!

Dieser Zweig hier stellt ohne Frage,
einen Helfer dar in jeder Lebenslage!

Blaue Pillen an diesem Strauch
sind gut fürs Herz und dem Bauch!

Tut Dir der Magen einmal weh,
dann mixe die Grünen in den Tee!

Kannst Du das Fette nicht vertragen,
dann laß Dir von uns sagen:

Von den Orangen zwei vor dem Essen
und Deine Sorgen sind vergessen!

Hast Du kalten Wind im Darm,
machen ihn die Braunen warm!

Dann gibt es hoffentlich 'nen Knall
und erledigt ist der Fall!

Und für die hinterlistigen Zwecke,
nimm die Gelben von der Ecke!

Drücken wird Dich dann gar nichts mehr;
geht es doch ab wie die Feuerwehr!

Quälen Dich die Hämorrhoiden,
greife zu den lila Pillen und möglichst sieben!

Die Roten sind für reines Blut,
auch für die Liebe tun sie gut!

Und wenn der Blutdruck nicht mehr stimmt,
man morgens von den Rosafarbenen nimmt!

Hast Du in den Knochen das Reißen,
dann nimm täglich von den Weißen!

Aber für die kalten Beine,
lutsche von den Silbernen nur Eine!

„Besitzt" Du einen Kater mal am Morgen;
schwarze Pillen und vorbei sind alle Sorgen!

Alle diese Mittel schlucke von nun an täglich;
sind sie doch bunt, süß und gut verträglich!

So bleibst Du uns noch lang erhalten
-- wenngleich auch mit breiten Furchen und tiefen Falten -- !

Weihnachten

Man glaubt es kaum, doch es ist wahr;

sagtest Du doch Deinen Wunsch deutlich und klar!

Einen Sack voller Gesundheit, bitte sehr,

den wünschtest Du Dir von Jahr zu Jahr mehr!

Der Heilige Abend ist nicht mehr weit,

doch einen Sack voller Gesundheit,

wo kaufe ich den bloß ein?

Wo kann dieses Geschenk zu finden sein?

Eines Abends aber fielen vom Himmel tausend Sterne;

auch ein Sack kam aus der Ferne!

Engel, die ihn Dir dann brachten,

sangen dabei und lachten!

Sie kämen von einem kleinen Stern,

um Dir zu sagen:" Bleib gesund, wir haben Dich doch gern!

Vergiß nicht daran zu denken

- Gesundheit kann nur der Himmel Dir schenken - !"

Also sprach das Kind .....

Endlich ist es so weit,
erlebe ich doch nun die Weihnachtszeit!

Die Großen sagten zu mir:
„Etwas wünschen darfst Du Dir!"

Als Kind; und das ist ja nicht schwer,
trag ich den Glauben vor mir her!

Schaue auf all das Schöne,
in einer Welt der lauten Töne!

Bringe ich Mama und Papa außer Rand und Band,
dann muß ich eben bei ihnen an die Hand!

Bin doch bemüht in meinem Streben,
in Freude mit der Familie zu leben!

Denn ich glaub an die Liebe und den Frieden;
werden diese doch immer wieder siegen!

Deshalb möchte ich allen Menschen raten:
„Spätestens unterm Tannenbaum solltet Ihr Euch vertragen!"

Ein Kind aus Eurer Welt!

Persönliches vom Autor

Der Autor ist im Jahr 1942 in Hannover – Kleefeld geboren. Nach Realschule und Lehre folgen Stationen in Lüneburg, Scharnebeck, Winsen / Luhe und Fleestedt. Bedingt durch Beruf, Bundeswehr und Heirat mit Ehefrau Ingrid.

Mit ihr ist er seit 44 Jahren verheiratet und es gehören mittlerweile drei Kinder, vier Enkelkinder und drei Urenkelkinder zu ihnen. Beide sind sie seit einigen Jahren in Rente.

Die schriftstellerische Tätigkeit begann als Hobby im Jahr 1974. Bis zum heutigen Zeitpunkt sind die Biographie „Ein Leben im Sport des Horst Hoffmann", zwei Gedichtbände, acht Bücher „Kurze Geschichten" und die Romane „Krisenjahre" und „Unruhiges Blut" erschienen.

Der dritte Roman „Erfüllung", Teil einer Trilogie, ist in Arbeit. Mit diesem „Band III" endet die Reihe „Gedichte".

Meckelfeld, den 6. Dezember 2011　　　　　　　　　　　　Horst Heine

⌘⌘⌘